Chers amis rongeurs,
bienvenue dans le monde de

Geronimo Stilton

LA RÉDACTION
DE *L'ÉCHO DU RONGEUR*

1. Clarinda Tranchette
2. Sucrette Fromagette
3. Sourine Rongeard
4. Soja Souriong
5. Quesita de la Pampa
6. Sourisia Souriette
7. Gigio Sourigo
8. Sourcette Pattoune
9. Pina Souronde
10. Honoré Tourneboulé
11. Val Kashmir
12. Traquenard Stilton
13. Farine de Muscolis
14. Zap Fougasse
15. Margarita
    Gingermouse
16. Sourina Sha Sha
17. Rabert Rabol
18. Ralf des Charpes
19. Téa Stilton
20. Coquillette Radar
21. Pinky Pick
22. Yaya Kashmir
23. Sourisette Von Draken
24. Chantilly Kashmir
25. Blasco Tabasco
26. Souphie Saccharine
27. Raphaël Rafondu
28. Larry Keys
29. Mac Mouse
30. Geronimo Stilton
31. Benjamin Stilton
32. Sourinaute Sourceau
33. Souvnie Sourceau
34. Chocorat Mulot
35. Mini Tao
36. Baby Tao

Texte de Geronimo Stilton
Couverture de Larry Keys
Illustrations de l' intérieur : idée de Larry Keys ; réalisation de Johnny Stracchino et Mary Fontina
Maquette de Margarita Gingermouse et Aurella De Rosa
Traduction de Titi Plumederat

www.geronimostilton.com

Pour l'édition originale :
© 2000 Edizioni Piemme S.P.A. Via del Carmine, 5 – 15033 Casale Monferrato (AL) – Italie, sous le titre *Benvenuti a Rocca Taccagna*
Pour l'édition française :
© 2004 Albin Michel Jeunesse – 22, rue Huyghens – 75014 Paris – www.albin-michel.fr
Loi 49 956 du 16 juillet 1949 sur les publications destinées à la jeunesse
Dépôt légal : premier semestre 2004
N° d'édition : 12757
ISBN : 2 226 14066 2
Imprimé en France par l'imprimerie Clerc à Saint-Amand-Montrond

Geronimo Stilton

BIENVENUE À CASTEL RADIN

ALBIN MICHEL JEUNESSE

GERONIMO STILTON
SOURIS INTELLECTUELLE,
DIRECTEUR DE *L'ÉCHO DU RONGEUR*

TÉA STILTON
SPORTIVE ET DYNAMIQUE,
ENVOYÉE SPÉCIALE DE *L'ÉCHO DU RONGEUR*

TRAQUENARD STILTON
INSUPPORTABLE ET FARCEUR,
COUSIN DE GERONIMO

BENJAMIN STILTON
TENDRE ET AFFECTUEUX,
NEVEU DE GERONIMO

Monsieur le rongeur
Geronimo Stilton

Ce matin-là, plusieurs coups de sonnette reten-
tirent à la porte. J'allai ouvrir : c'était le facteur.
– **Vous avez du courrier, monsieur Stilon !**
chicota-t-il en me tendant une enveloppe
bizarre, très bizarre. Il y a une surtaxe à payer !

ajouta-t-il. Le rongeur expéditeur a oublié le timbre !

– **Zut !** Quelle galère ! soupirai-je en prenant de l'argent dans mon portefeuille.

Je payai et refermai la porte derrière moi.

J'avais dans les pattes une enveloppe qu'on avait dû fabriquer en collant ensemble de vieilles coupures de journaux. L'adresse était ainsi rédigée :

Monsieur le rongeur Geronimo Stilton...

On aurait dit que l'enveloppe avait été scellée avec de la cire verte, mais, en regardant mieux, je m'aperçus que c'était un vieux chewing-gum.

UN CHEWING-GUM MÂCHÉ ET ARCHIMÂCHÉ !

Ce que j'avais pris pour l'empreinte d'un cachet n'était que celle d'une incisive.

Dégoûté, mais intrigué, j'ouvris l'enveloppe. Elle contenait une lettre écrite sur du papier gras, qui avait sans doute servi à emballer de la nourriture.

Je la reniflai : je ne m'étais pas trompé, elle puait le fromage, et le mauvais fromage !
En examinant le papier à la loupe, je m'aperçus que le texte n'avait pas été écrit au stylo ou au crayon, mais avec un *morceau de charbon*.
De plus en plus intrigué, je tournai et retournai

la lettre en tous sens. C'était une invitation !

À un mariage !

L'expéditeur était un certain Demilord,

Demilord Zanzibar...

Monsieur le rongeur
Geronimo Stilton
13, rue des Raviolis
13131 Sourisia
Île des Souris

Demilord Zanzibar

invite monsieur le rongeur

Geronimo Stilton

au mariage de son fils

Rejeton Zanzibar
avec
Égoutine de Puantesse-Fétide

La cérémonie se déroulera
dans le château familial
de Castel Radin

Les cadeaux sont acceptés,

et même obligatoires !!!

ALLÔ !
ALLÔÔÔ !

Mais qui était Demilord Zanzibar ? Ce nom ne me disait rien du tout. Était-ce un parent éloigné, très éloigné ? Ou un ami, peut-être ? Une connaissance ?

Quelle question !

Je téléphonai à ma sœur Téa, qui éclata de rire.

– Geronimo !

Quelle question !

Bien sûr que j'ai reçu l'invitation de tonton Demilord ! Mais oui, Demilord Zanzibar, dit le Pouilleux. C'est un parent éloigné qui vit à **Castel Radin**. Voilà un excellent prétexte pour un petit voyage. Alors, frérot, tes valises sont bouclées ? Tu es prêt à partir ? Je passe te prendre dans cinq minutes. Salut !

– Quoi ? hurlai-je. **Allô !** Mais non, *je ne suis pas prêt !* Téa, Téa, tu m'entends ?

ALLÔÔÔ !!!

Je raccrochai en me mordant la queue de rage. Ma sœur avait toujours cette mauvaise habitude de me raccrocher au museau ! Quelle enquiquineuse !

Dix minutes plus tard, Téa était chez moi.

– Tu vas voir, on va s'éclater ! cria-t-elle. Enfin un voyage !

J'ouvris la bouche pour dire que je ne pouvais pas, ou plutôt que je ne voulais absolument pas partir !

Mais Benjamin, mon neveu préféré, me prit par la patte et me murmura à l'oreille :

– Oncle Geronimo, s'il te plaît, s'il te plaît ! Je t'en prie ! On y va tous ! J'aimerais tant assister à un mariage... Regarde, j'ai déjà préparé un petit cadeau de mariage pour Rejeton. Tu crois que ça lui plaira ?

Tu crois que ça lui plaira ?

Et il me montra deux petits cœurs de papier mâché rouge, sur lesquels il avait écrit le nom des fiancés.

Je soupirai, en caressant ses petites oreilles avec tendresse :

— *C'est bon, Benjamin, on y va...*

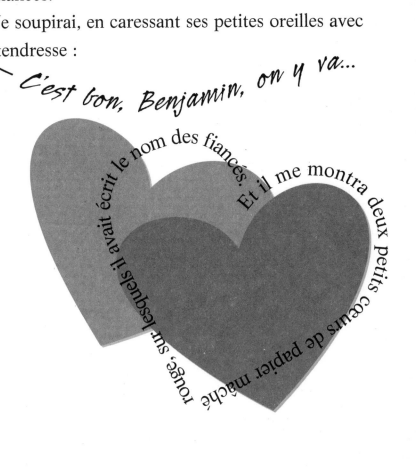

Mais qu'est-ce que c'est que ce trou ?

Le voyage fut pénible.

Très pénible.

En effet, le château d'oncle Demilord se trouvait haut, très haut, au sommet de la montagne, au bout d'une route tortueuse.

Enfin, sa haute silhouette nous apparut. Perché sur ce pic inaccessible, ce château était une curieuse accumulation de styles différents, du topesque archaïque au minimalisme emmentalien, sans aucune logique, comme si un fou s'était amusé à jouer avec de la pâte à modeler.

Sur la façade, une bannière de tissu rapiécé, pleine de **trous**, portait une inscription :

Le château était une curieuse accumulation de styles différents…

Un blason représentait une souris en train de compter des pièces d'or.

Tous les matériaux possibles et imaginables avaient été employés à la construction du château. Des blocs de pierre provenant de vieilles murailles, des colonnes de marbre supportant des bas-reliefs de souris ailées, des plaques de béton armé, mais aussi des fausses poutres de bois, et même du carrelage de salle de bains aux couleurs improbables : **vert pistache, jaune poussin, rose bonbon...**

Enchâssés dans les murs de ciment, on distinguait des objets de toutes sortes : des boîtes de conserve aplaties, des tessons de bouteille, des cagettes en bois, et même des morceaux de miroir. Le tout ressemblait au **cauchemar** d'un architecte.

Nous nous arrêtâmes devant les profondes douves qui entouraient le château. Une eau fangeuse y croupissait.

Nous nous arrêtâmes devant les profondes douves qui entouraient le château. Une eau fangeuse y croupissait.

– Mais qu'est-ce que c'est que ce trou ? couina Traquenard, dégoûté, en se bouchant le nez.

Je remarquai qu'il n'y avait pas de sonnette.

– Et comment fait-on pour s'annoncer ? demandai-je.

Ma sœur Téa ricana, glissa deux doigts dans sa bouche et donna un coup de sifflet tonitruant, qui me perfora les tympans.

– **Scouiiiiiiiitt !** hurlai-je, aba-
sourdi, en me bouchant les oreilles.

Nous entendîmes un grincement, puis, juste au-des-
sus de la surface de l'eau, une petite porte s'ouvrit
et le museau pointu d'une souris apparut.

– Bien bien bien, les voici enfin, mes
chers, mes très chers parents…

*Soyez les bienvenus dans le plus bel endroit du monde,
le château de Castel Radin !*

Notre oncle jeta à l'eau une vieille chambre à air
toute rapiécée, à laquelle avait été ajusté un fond
de contreplaqué.

Demilord monta sur cette drôle d'embarcation
et rama jusqu'à la rive.

Il accosta, nous fit signe de monter à bord d'un
air solennel, comme s'il nous invitait sur un
luxueux paquebot.

– Mes chers neveux, prenez place sur mon embarcation et profitez de la belle traversée ! ricana-t-il, fier de lui.

Puis il ajouta :

– Vous avez vu ? Il ne manque rien, pas même la piscine ! Et pour vous, qui êtes de la famille, c'est gratuit, naturellement ! Si vous avez envie, vous pouvez vous baigner. Alors, heureux ? Mais, attention, ne plongez pas le museau dans l'eau, JE NE SUIS PAS RESPONSABLE SI VOUS ATTRAPEZ UNE MALADIE !

Nous traversâmes les douves puantes, en slalomant entre des monticules de plantes aquatiques pourries, des bouteilles de plastique qui flottaient et d'autres ordures impossibles à identifier.

J'entendis ma sœur murmurer :

– Mais qu'est-ce que c'est que ce trou ?

ÇA PIQUE, ÇA PIQUE, ÇA PIQUE !

– Oncle Demilord, ça pue ! Excusez-moi, mais c'est un fossé ou un égout ? cria perfidement Traquenard, en donnant une bourrade à notre oncle.

– *HI HI HI*, si tu savais, mon neveu, ce que j'élève dans ces douves ! J'ai un très bel élevage de… Mais non, je ne vous le dirai pas, vous n'auriez plus la surprise !

Je m'assis sur le rebord de la chambre à air, résigné, tâchant d'éviter d'être éclaboussé par cette eau putride.

Pourquoi, pourquoi, mais pourquoi m'étais-je laissé convaincre de partir pour cet endroit absurde ?

Soudain, j'éprouvai une démangeaison bizarre au postérieur.

Je me grattai, d'abord avec discrétion, puis de plus en plus frénétiquement et désespérément.

– Ça pique ! **Ça pique ! Ça piiiiique !** commençai-je à hurler en me grattant de manière effrénée. J'enlevai mon pantalon pour mieux me gratter.

En même temps, je m'aperçus que divers rongeurs (les invités, sans doute) étaient apparus aux créneaux du château.

J'entendis même quelques commentaires :

– Mais regarde comme il se gratte !

– Quelle honte…

– Mais regarde, il a *même* enlevé son pantalon !

– Mais qui c'est, ce gars, enfin ce rat gratteur ?

– Il paraît que c'est un parent éloigné, très éloigné, un certain Geronimo Stilton…

Quand nous arrivâmes sur l'autre rive, Téa me décocha un regard fulminant.

– Tu nous as ridiculisés…

– Ça pique ! Ça pique ! Ça pique !

Traquenard ricanait sous ses moustaches, en murmurant :

– Ça marche ! Le poil à gratter marche !

Je l'aurais noyé avec plaisir dans les douves. J'allais l'attraper par la queue, mais mon cousin me tira la langue et disparut derrière la porte...

J'entrai dans la cour intérieure, où se pressaient les invités. Tous mes parents, ou plutôt tous nos parents étaient là.

Ils me dévisageaient, intrigués.

Je les entendais murmurer :

– Est-ce possible ? Est-il possible que ce rongeur-là (celui qui se grattait, sans pantalon !!!) soit Stilton, Geronimo Stilton, l'éditeur ?

– **Mais si, je te dis que c'est lui, c'est bien lui !**

– Vraiment ?

– Quelle honte, avoir des parents comme ça...

– Quand je pense qu'on m'avait dit que c'était une souris comme il faut...

– Oui, il a la réputation de quelqu'un de sérieux, alors que là...

Du coin de l'œil, je lorgnai tous ces parents inconnus.

J'étais rouge de honte.

Soudain, j'aperçus Traquenard dans un coin de la cour.

Je me jetai sur lui, hors de moi, pour lui dire ses quatre vérités…

Mais j'avais à peine ouvert la bouche que Traquenard y fourra un chocolat.

– C'est pour me faire pardonner, cousin… dit-il. Tiens, goûte-moi ces *délicieux* chocolats.

Je restai médusé.

– Euh, oui… merci ! Ils sont bons, délicieux ! murmurai-je, surpris.

Pourquoi mon cousin était-il devenu si gentil ?

Je croyais que c'était une souris comme il faut !

Tu as vu comme il se gratte ?

Oncle Demilord nous souhaita la bienvenue :
– Entrez, mes chers hôtes ! Entrez et regardez
autour de vous... Regardez, mais ne touchez à
rien, *hé hé héé !!!*

UNE CHAMBRE BIEN CHAUDE

Notre oncle nous précéda dans l'escalier qui conduisait à l'étage et ouvrit une porte vermoulue.

– Mes chers neveux, voici votre chambre... La meilleure, cela va sans dire ! Prenez le temps de vous rafraîchir, je vous attends dans la salle des banquets...

Nous entrâmes et déposâmes nos valises.

Sur le sol, un tapis jaune *fondue*, usé jusqu'à la corde.

Contre le mur, une bibliothèque bourrée de livres couverts de poussière.

Benjamin passa un doigt sur un volume et lut :

L'Art d'économiser avec distinction
(ou : Comment épargner jusqu'à l'os)
ÉDITIONS GRATUITES

Il essaya de l'ouvrir, pour en lire quelques pages, mais il s'aperçut que c'était un faux, un simple bloc de bois. Pour économiser le papier, j'imagine.

Traquenard voulut s'asseoir dans un fauteuil de cuir décoloré.

– **Aïïïe !** hurla-t-il en rebondissant sur un ressort.

J'essayai de tirer les rideaux, mais je découvris qu'ils étaient peints sur un paravent de carton !

Dans la cheminée, des flammes crépitaient joyeusement.

Bizarre, la pièce était une vraie glacière…

– Brrr, on se gèle ! murmurai-je en m'approchant du feu pour me réchauffer.

Je tendis les pattes vers les **FLAMMES**, mais je vis que c'étaient des bandes de papier rouge agitées par un *Courant d'air glacé !*

La pièce était une vraie glacière...

Pour utiliser les toilettes...

Je suis une souris qui aime l'ordre. Je me mis aussitôt à défaire ma valise, et j'accrochai dans l'armoire mon costume de cérémonie quand j'entendis des gargouillis bizarres. C'était mon ventre !
Soudain, j'eus la sensation qu'on était en train de m'entortiller les intestins.

– Où est le petit coin ? criai-je !

Poussez-vouuuuus !

Laissez-moi passer ! J'ai un besoin urgent, très urgent...

Je me jetai sur la poignée de la porte, mais cette dernière ne s'ouvrit pas. Benjamin vint m'aider.

– Regarde, oncle Geronimo, il y a une plaque sur la porte des toilettes !

J'approchai mon museau de la plaque (c'était écrit en lettres minuscules) et je lus : « Quiconque souhaite utiliser les toilettes est prié d'en demander la clef. Signé : 𝒟emilord Zanzibar »

– Scouiiitt ! hurlai-je. **scouiiiiiiitt !**

Ça presse ! Je ne peux pas attendre ! murmurai-je encore, désespéré.

Benjamin dévala les escaliers en criant :

– Ne t'inquiète pas, tonton ! Je vais chercher la clef, je reviens tout de suite !

Traquenard ricanait. Triomphant, il brandit une boîte portant l'inscription : *Chocolats laxatifs.*

– **Ça marche !** Les chocolats marchent ! exulta mon cousin. Un seul a suffi ! Et ça fait son effet au bout de trois minutes et quinze secondes !

Fantastique, un vrai record !

– **Grrr…** On réglera nos comptes après ! m'écriai-je.

Et je sortis de la pièce en courant.

ÇA PRESSE !
ÇA PRESSE !

Je trouvai oncle Demilord dans le couloir.

– La clef ! La clef, par pitié ! criai-je.

Je n'en pouvais plus !

– Hein ? Quoi ? La *plaie* ? demanda mon oncle, en mettant sa patte en cornet derrière l'oreille.

– La clef ! La clef des **toilettes** !

– Tu as vu une belette ? Où ça ?

– Mon oooncle ! lui hurlai-je dans l'oreille, à bout de nerfs. Il me faut la clef de la porte des toilettes !!!

– Ah, oui, bien sûr, la clef... Je ne me souviens plus où je l'ai rangée. Peut-être dans le débarras, à moins que ce ne soit dans mon bureau... Ou bien... Alors çà ? murmura mon oncle.

– Ça presse, mon oncle ! Ça presse !

cria Benjamin, en tirant Demilord par la manche de sa veste.

Pendant ce temps, les autres invités, curieux, étaient sortis dans le couloir.

J'entendis murmurer :

– Mais qui est-ce ? Qui fait tout ce boucan ?

– Ah, c'est encore lui, Stilton, Geronimo Stilton !

– Ce Stilton commence à exagérer...

– On n'en peut plus !

– Un peu de dignité, que diable !

– Ah, comment ne pas rougir de certains parents ?…

Nous descendîmes dans le jardin. En effet, mon
oncle s'était rappelé que la clef des toilettes était
suspendue à un clou, dans la serre !!!

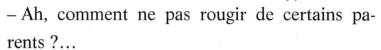

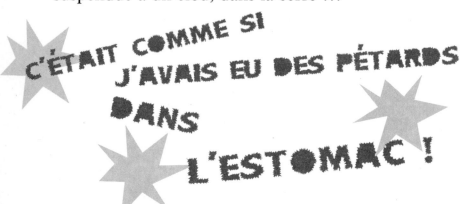

C'ÉTAIT COMME SI J'AVAIS EU DES PÉTARDS DANS L'ESTOMAC !

Plusieurs minutes interminables s'écoulèrent.
Enfin, oncle Demilord sortit de la serre, bran-
dissant d'un air triomphant une clef de laiton.

– On trouve tout, dans ce château, rien ne manque, pas même des toilettes ! Voici la clef, mon cher !

Trop tard : ça pressait vraiment trop,

je n'avais pas pu attendre...

Je sortis de derrière un rosier, en marmonnant, furieux :

– Je n'ai plus besoin de cette clef, je me suis débrouillé tout seul !

Puis je me rappelai qui était responsable de mes mésaventures, l'infâme rongeur qui m'avait offert un **chocolat laxatif**. Je couinai :

– Cette fois, Traquenard, tu vas me le payer…

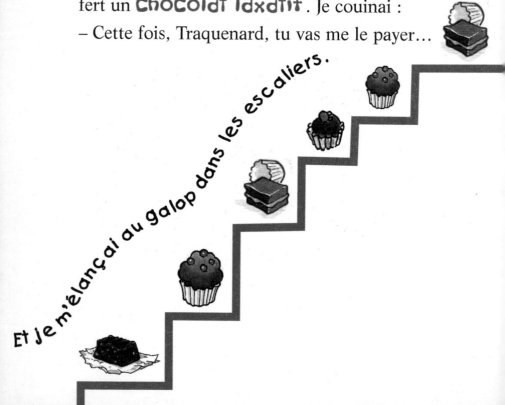

Et je m'élançai au galop dans les escaliers.

ÉGOUTINE DE PUANTESSE-FÉTIDE

Hors de moi, je franchis la porte du salon où se pressaient les invités. J'avisai mon cousin, me ruai sur lui comme une furie, en bousculant les autres rongeurs.

Plusieurs protestèrent à voix haute :

– QU'EST-CE QUE C'EST QUE CES FAÇONS ?

– Mais ne poussez donc pas comme ça !

– Mais qui est-ce ?

– C'est encore lui, Stilton, Geronimo Stilton !

– Quelle souris mal élevée !

J'essayai d'attraper Traquenard par la queue, mais il me prit par surprise en s'écriant : **- Geronimou !** Voici mon cousin préféré !

Puis, exagérant comme toujours, Traquenard continua à déclamer :

– Je te présente une charmante demoiselle : *Égoutine de Puantesse-Fétide*, la fiancée de notre cher, très cher cousin Rejeton !

En même temps, mon cousin, d'un air romantique, fit le baise-patte à une petite souris.

Je vais essayer de la décrire, même si elle n'avait rien de particulier.

Elle n'était ni **grande** ni **petite**, ni maigre ni **grosse**.

Son pelage était d'une couleur indéfinissable.

Je ne fis même pas attention à la façon dont elle était vêtue : elle était affublée d'une robe informe, ce qu'elle appelait une « *robe de cocktail* »... Je me demandai pourquoi elle avait l'air si gauche dedans : les manches étaient trop **courtes**.

Ou alors la jupe était trop **longue**.
Quoi qu'il en soit, le tout
semblait complètement démodé.
Elle n'avait pas de maquillage, et ses petits yeux de myope clignaient derrière des verres de lunettes épais comme des culs de bouteille.
On n'aurait pas pu dire qu'elle était belle, ni qu'elle était laide.
Le mot qui lui convenait le mieux était : « insignifiante ».
– Euh... Bonjour... Je suis, je m'appelle, euh, Égoutine de Puantesse-Fétide, murmura-t-elle gauchement.
À cet instant, un grand rat maigre s'approcha : il n'avait pas beaucoup de viande sur les os et avait le teint jaunâtre.

Égoutine de Puantesse-Fétide

Il portait des lunettes lui aussi et avait les tempes dégarnies, ou plutôt il avait une calvitie avancée. C'était mon cousin Rejeton.

– Mon très cher cousin Geronimo, comment vas-tu ? me demanda-t-il cordialement, en me tapant sur l'épaule.

Je suis heureux, **super heureux** de te connaître ! ajouta-t-il.

Je me sentis rassuré. Enfin quelqu'un qui semblait avoir de l'estime pour moi ! Je lui adressai un regard plein de reconnaissance et lui dis :

– Euh, eh bien, mon cher Rejeton ! Félicitations pour ton mariage !

Rejeton Zanzibar

J'ai fait la connaissance d'Égoutine qui m'a l'air, euh, vraiment... sympathique, voilà !

Il se lissa les moustaches d'un air satisfait.

– Oui, oui, pauvre Égoutine, elle fait preuve de beaucoup de bonne volonté. Elle apprendra avec le temps. Heureusement, elle m'a, et je suis prêt à tout lui apprendre avec beaucoup de générosité... murmurait-il en prenant des airs.

Je le trouvai insupportable.

Puis Rejeton me glissa à l'oreille :

– J'ai écrit un livre passionnant, ***Mémoires d'un noblerat de campagne***. Je veux le publier ! Tu vas m'aider, n'est-ce pas ?

Je soupirai. Je comprenais, maintenant, pourquoi il avait été si cordial : ce n'était que par intérêt, parce qu'il voulait me refiler son livre assommant !

DEMI-PORTION
DE SOURIS

Sur ces entrefaites, Traquenard, d'un air rusé, attrapa une boîte de chocolats et, d'un geste de prestidigitateur, en brandit un enveloppé dans du papier doré.

– Goûte-moi cette merveille, Égoutine, dit-il.

La souris remercia et porta le chocolat à sa bouche. **Je sursautai.**

Quoi ? Il lui offrait des chocolats ?

C'étaient peut-être les mêmes *chocolats laxatifs* qui avaient eu sur moi un effet si tragique ? Je décidai héroïquement de sauver la pauvre Égoutine et, d'un bond félin, je lui arrachai le chocolat des pattes et le fourrai

Je la piétinai avec rage jusqu'à ce qu'il n'en reste rien.

dans la bouche de Traquenard.

Je criai :

– **Mange-le donc, toi**, ce chocolat laxatif ! Tu n'as pas honte, demi-portion de souris ? Et après, **va** demander la clef de la porte des toilettes !

Puis je jetai la boîte de chocolats par terre et sautai dessus à pieds joints, la piétinant avec rage jusqu'à ce qu'il n'en reste rien.

Un silence total se fit dans la salle.

Tous les invités – mais vraiment tous – se retournèrent pour me regarder, stupéfaits. Traquenard mâcha tranquillement le chocolat, puis en déballa trois autres

et les fit sauter dans sa bouche.

– *Hop, hop, hop !* murmura-t-il, ravi, le museau barbouillé de chocolat.

Puis il proclama :

– Cette boîte de chocolats était un cadeau de mariage pour notre chère Égoutine et pour notre cher cousin Rejeton. Je l'avais achetée dans la meilleure confiserie de Sourisia !

Alors il baissa la voix et murmura, en ricanant :

– Le chocolat que tu as mangé, Geronimo, était d'un autre type !

J'aurai voulu disparaître dans un trou de souris. Tout le monde chuchotait :

- **ENCORE CE STILTON ?**

- Vraiment, il commence à exagérer...

– Il est prêt à tout pour se faire remarquer !

– Il lui manque une case.

– *Vous avez vu le regard de fou furieux qu'il avait lorsqu'il piétinait la boîte de chocolats !*

- **C'est peut-être une forme de folie héréditaire. J'espère que non, vu que c'est un parent...**

Je sentis que Benjamin me serrait la patte pour me remonter le moral.

Rouge comme une tomate, sur la pointe des pattes, j'essayai de me rendre invisible et allai me réfugier dans un coin, pour préparer ma vengeance.

IL FAUT QUE VOUS
GARDIEZ UN PEU D'APPÉTIT

Oncle Demilord réclama le silence.

Puis il commença son discours :

– Chers, et même très chers parents (oui, vous me coûtez très cher !), la cérémonie de mariage aura lieu dans trois jours. Pour l'instant, nous allons passer à table, mais ce sera un repas léger, car il faut que vous gardiez un peu d'appétit...

Alors d'un air solennel, il indiqua une immense table.

Tous les invités, affamés, coururent y prendre place.

– Il était temps ! Enfin, on va manger ! dit mon cousin, en nouant sa serviette autour du cou.

Mon cousin Rejeton traitait sa future épouse

– *Enfin, on va manger !*

avec une suffisance qui ne me plaisait pas du tout. La pauvre n'avait même pas eu le temps de s'asseoir qu'il lui demandait de se relever.

– Chérie, va servir l'apéritif ! lui ordonna-t-il. Et n'oublie pas de mettre un tablier. Il ne manquerait plus que tu taches ta robe neuve ! Allez, dépêche-toi, ne fais pas attendre nos invités !

Puis il s'assit confortablement et commença à discuter avec ses voisins de table.

Égoutine obéit, et on la vit bientôt revenir de la cuisine avec un tablier BLANC et une coiffe de femme de chambre sur la tête. Elle fit le tour des invités, en leur proposant, d'un air résigné, l'apéritif (qui consistait en eau du robinet). Je notai que tout le monde l'ignorait, comme si elle était transparente.

Téa, comme moi, avait assisté à la scène, et elle était indignée.

– Mais comment peuvent-ils se permettre de trai-

ter Machine de la sorte, enfin, euh, comment s'ap-
pelle-t-elle déjà, ah oui, Égoutine ? **Mais ils se
prennent pour qui, tous autant qu'ils sont ?**
Benjamin aussi défendait Égoutine :
– La pauvre, elle n'est pas jolie, mais elle est tellement **GENTILLE**...

Pendant ce temps, je prêtais une oreille aux conversations des invités. Les potins qui avaient le plus de succès étaient : mon indigne **COM-PORTEMENT** (ah, Traquenard allait me le **PAYER CHER !**) et la fortune de la future épouse.

– Oh, il est faux de dire qu'elle est riche... Elle est très riche ! murmurait mon voisin de table.

J'en entendis un autre chuchoter :

– Saviez-vous que le père d'Égoutine était une souris très pauvre, misérable ? Mais, un jour, il a eu une idée géniale. Il a découvert que, en faisant fermenter les croûtes de fromage, on obtenait un gaz *ultra-puant* mais très puissant, plus puissant que le méthane. C'est ainsi qu'il a fait fortune, en inventant ce nouveau gaz, qu'il a appelé le **BIO-GAZ** ! Je ne te raconte pas la fortune qu'il a amassée !

– Égoutine est fille unique, orpheline, c'est un parti exceptionnel !

– Bon, d'accord, elle est assez vilaine, mais je ne suis pas surpris qu'elle épouse Rejeton : qui d'autre aurait voulu d'elle, malgré tout son argent ?

Je soupirai en observant la pauvre Égoutine, qui, timide et gauche, faisait le tour de la table.

À un moment, elle renversa un verre d'eau, et Demilord la gronda :

– Non non non, pas comme ça, chère Égoutine ! Tu as cassé un verre ! Et l'eau coûte cher, tu sais ! Quand tu seras mariée avec mon fils, il faudra que tu sois plus économe...

Rejeton posa une patte sur son épaule et dit, d'un ton magnanime :

– Ne t'inquiète pas, je t'apprendrai à économiser. Tu verras tout ce qu'on peut faire comme économie dans une maison ! Nous économiserons ensemble... ajouta-t-il, rêveur.

Elle sourit, mais c'était un sourire triste, forcé.

Tu as cassé un verre ! Et l'eau coûte cher, tu sais !

L'ART
DE METTRE LA TABLE

– Ta-ta, ta-ta, ta-taaaaa...

lança oncle Demilord, en imitant le son d'un clairon. D'un geste solennel, il fit signe à Égoutine, qui trottina jusqu'à la table en portant un plateau d'argent.

Puis elle commença à servir les invités.

À gauche de chaque assiette était disposé un petit carré de tissu blanc, avec une broderie au centre.

– Qu'est-ce que c'est ? Un confetti ? plaisanta Téa.

À ce moment, je remarquai que Rejeton s'essuyait les lèvres avec le carré de tissu. Je compris : c'était la serviette !

Puis j'essayai de prendre le couteau, mais tous les couverts (d'argent) étaient attachés à une chaînette fixée sous la table.

Les verres étaient de petits dés à coudre dorés. Si petits qu'ils contenaient à peine une goutte d'eau.

De loin, on aurait dit que la nappe était brodée,

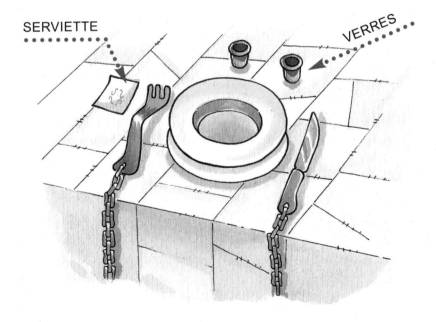

SERVIETTE

VERRES

mais, en approchant, on découvrait qu'elle avait été confectionnée par l'assemblage d'innombrables chutes de tissu cousues.

Le silence avait gagné la tablée, on n'entendait que les gargouillis de l'estomac de Traquenard

qui mourait de faim...
Personne ne faisait plus
l'effort d'entretenir la
conversation, tous les
invités, désolés, regar-
daient leur assiette vide.
Quand oncle Demilord
annonça enfin qu'on allait ser-
vir les entrées, une clameur de satisfaction
s'éleva de la table.

Tous les rongeurs empoignèrent leur fourchette,
dans un grand tintement de chaînettes, et se lé-
chèrent les moustaches.

– Hourra, on va manger ! cria Benjamin.
– Attends, attends, mon neveu ! Tu ne connais
pas oncle Demilord... Je n'y croirai que quand
j'aurai planté la dent dedans... murmura
Traquenard d'un air philosophe.

On n'entendait que les gargouillis de l'estomac de Traquenard qui mourait de faim

DES PEAUX
DE BANANE AU FOUR

– En entrée, *une* lentille farcie ! annonça fièrement Demilord, tandis que, dans son dos,
Rejeton approuvait en se frottant les pattes.

Je regardai mon assiette, incrédule.

Téa marmonna :

– Farcie, farcie... c'est vite dit. Il fau-
drait un microscope pour vérifier !

Égoutine, d'un air résigné, fit de nouveau le
tour de la table, posant un minuscule bol au
centre de chaque assiette.

– Consommé de noyaux d'olive...
cria Demilord, d'une voix *de plus en plus forte.*
– En plat de résistance, *une* tranche de petit pois
bouilli.

» Comme accompagnement, *un* haricot à la vapeur.

» Et il y a même un dessert : *une* peau de banane au four ! ajouta-t-il, généreux.

Nous quittâmes la table cinq minutes après y avoir pris place.

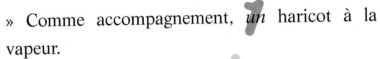

LE REPAS AVAIT ÉTÉ RAPIDE, TRÈS RAPIDE...

et surtout très léger, trop léger !

– Quelqu'un souhaite-t-il un bon verre d'eau chaude pour digérer ? demandait notre oncle, très prévenant, en circulant parmi les invités.

Mais personne ne semblait en éprouver le besoin.

Un cadeau
osé

Benjamin me tira par un pan de ma veste.

– Oncle Geronimo, je peux donner mon cadeau à Égoutine ? Je peux ? demandait-il avec insistance.

Puis il lui tendit son paquet avec timidité.

Égoutine l'ouvrit et fut tellement émue que ses yeux s'embuèrent.

Elle prit Benjamin dans ses pattes et déposa un baiser sur la pointe de ses moustaches.

Téa donna à la fiancée une luxueuse boîte, qui portait l'inscription :

Lingerie raffinée

Égoutine l'ouvrit, puis **rougit** jusqu'à la pointe des moustaches. Je jetai un coup d'œil indiscret à l'intérieur de la boîte : elle contenait une combinaison de soie échancrée, très courte, en imitation fourrure de chat tigré – osée, très osée !

Rejeton toussota :

– Euh, chère cousine Téa, tu ne pouvais pas le savoir, mais il y a certains sous-vêtements que notre Gouti ne porte pas... **Elle a des goûts simples, elle !**

« Gouti » lança un regard de regret à la combinaison.

Rejeton poursuivit, d'un air important :

– Si cela ne te dérange pas, chère cousine Téa, la prochaine fois que j'irai à Sourisia, je demanderai au magasin d'échanger la combinaison contre quelque chose de plus pratique : que sais-je, des grosses culottes de laine, ou bien – il prit un air inspiré – une belle chemise de nuit qui arrive aux pattes, en laine épaisse... La nuit, il fait froid au château ! Parce que nous, évidemment, nous n'allumons pas le chauffage, jamais !

Résignée, Égoutine replia soigneusement la combinaison de soie et la remit dans la boîte.

Je lui donnai mon cadeau : un porte-fromage en **or massif**, acheté dans le magasin le plus luxueux de Sourisia.

Les yeux de Rejeton brillèrent d'une lueur avide.

– MERCI, MERCI, COUSIN STILTON !

couina-t-il… mais, à la façon dont il avait ouvert le cadeau avec soin, sans froisser le papier, et dont il l'avait refermé, sans défaire le ruban, je compris qu'il songeait déjà à le recycler.

J'examinai tous les cadeaux de mariage. La plupart ne pouvaient se définir que comme des **HOR-REURS** : une statue de cristal représentant une souris ailée, avec une ampoule électrique à l'intérieur – quand on ALLUMAIT la lampe, la souris agitait les ailes pendant qu'un carillon jouait les sept premières notes de l'hymne national de l'île de Sourisia. Puis un couvercle pour W.-C. en argent

massif, avec les initiales des deux époux gravées. Et aussi : une gondole à ressort avec un gondolier qui ramait au rythme d'une valse, absolument inutile ; une collection d'anciens verres à pied (cassés) ; un balai de toilette en argent plaqué or, avec un diffuseur de parfum incorporé, assorti à un rouleau de papier hygiénique patiné et parcheminé extra-luxe, à regarder sans toucher.

LE FAMEUX
ONCLE PÉTARADE

Après avoir admiré tous les cadeaux, nous pas-
sâmes au salon. Un énorme divan à huit, non,
dix, ou même **douze** places trônait au
centre de la pièce.

Il était tapissé de velours jaune fromage qui, ja-
dis, avait dû être fastueux, mais était désormais
usé jusqu'à la corde.

En plus, il était maculé de taches de toutes sortes
et de toutes époques.

Au divan, je préférai une chaise rembourrée.

Mais j'avais à peine posé mon séant sur la chaise
qu'un bruit caractéristique retentit.

PRRRRR... PRR
PRRRRRRRRRR...

Je devins **rouge** comme une pivoine et bondis
au plafond.

Un silence impressionnant était tombé sur le salon.
Tous les rongeurs, tous, s'étaient tournés vers moi
et me regardaient avec une curiosité maladive.

PRRRRRRRRR...

Je criai à mon cousin, d'une voix suraiguë :

– cette fois, tu as dépassé les bornes !

Je vais te pulvériser ! Il faut être vraiment débile, être le dernier des rats d'égout pour imaginer une plaisanterie pareille...

Comme un **FOU**, je me jetai sur lui, mais, d'un bond, il sauta sur le piano, hors de ma portée, et s'écria :

– Cette fois, Geronimo, je n'y suis pour rien !

J'entendis alors un petit rire dans mon dos, et quelqu'un me souffla dans l'oreille :

– C'est moi, mon neveu ! Elle n'est pas drôle, cette farce ?

Je me retournai, fulminant, et découvris oncle Pétarade.

Je me souvins – mais trop tard, hélas – pourquoi on lui avait donné ce surnom...

– *Cette fois, Geronimo, je n'y suis pour rien !*

PARENTS PROCHES
ET ÉLOIGNÉS

Oncle Pétarade tira de sous le coussin de la chaise un **petit ballon rouge** et l'agita en l'air. Puis il me donna un grand coup sur l'épaule.

– Sacré Geronimo ! Il fallait bien que je trouve une victime pour mes farces ! Hé hé héé !

– Euh, très drôle, tonton, vraiment très drôle ! marmonnai-je, gêné, pendant que tout le monde riait dans mon dos.

Une foule de parents que je n'avais pas vus depuis des années était arrivée avec oncle Pétarade.

– Tante Margarine, comment vas-tu ? chicotai-je, en embrassant une parente éloignée, qui était pâtissière.

Tante Margarine avait toujours été ma préférée : elle se parfumait à la vanille et, quand j'étais petit, j'adorais aller chez elle, car elle me gavait de beignets aux trois chocolats, qui étaient ma passion. Elle m'embrassa très fort.

Elle se parfumait toujours à la vanille !

Tante Margarine

Ce parfum me replongea des années en arrière, et, pendant un instant, je pensai qu'elle allait sortir de son sac un beignet aux trois chocolats. Et, en effet, tante Margarine sourit, ouvrit son sac et en sortit un beignet.

Raclette et Fondue étaient des jumelles…

– C'est pour toi, Geronimo ! dit-elle affectueusement.

Derrière tante Margarine, j'aperçus oncle Cancoillotte ; ils étaient accompagnés de leur fils, mon cousin Saindoux, et de deux petites souris jumelles, vêtues d'un tutu **jaune fromage.**

– Comme elles sont mignonnes ! Comment s'appellent-elles ? demandai-je en caressant leurs petites oreilles.

– Ce sont mes petites-filles, Raclette et Fondue, répondit tante Margarine fièrement.

– *Salut, tonton Geronimo !*

Les petites jumelles me firent une révérence synchronisée, puis remarquèrent Benjamin et se mirent à ricaner.

J'encourageai mon neveu :

– Benjamin, va donc jouer avec elles !

Mais il devint cramoisi.

Il y avait aussi Artère, un oncle hypocondriaque

qui, depuis toujours, s'imaginait atteint de toutes les maladies du monde.

– Comment vas-tu, oncle Artère ? demandai-je en lui serrant la patte.

– Pourquoi me demandes-tu cela ? Tu me trouves pâle, c'est ça ? répondit-il, alarmé.

Puis il sortit de sa poche une lingette désinfectante et se nettoya soigneusement la patte.

Parmi les invités, je reconnus encore Raristote, professeur de philosophie, le rongeur le plus ennuyeux que j'aie jamais rencontré. Il était capable de parler pendant une heure entière sans rien dire du tout, et il était plus efficace qu'un somnifère :

CELUI QUI L'ÉCOUTAIT S'ENDORMAIT INSTANTANÉMENT.

Voilà ce que
j'appelle économiser !

Je passai une nuit épouvantable.

Il faisait un **FROID DE FÉLIN** (comme je l'ai déjà raconté, c'étaient de fausses flammes qui crépitaient dans la cheminée), et des courants d'air glaciaux se faufilaient sous les fenêtres.

Je me pelotonnai tout habillé sous la couverture rapiécée, et je gardais même mon manteau. En plus, j'avais l'estomac tellement vide que je me tournai et me retournai dans mon lit pendant des heures avant de trouver le sommeil.

À propos, j'oubliais de vous dire : il n'y avait pas de matelas.

Oncle Demilord avait expliqué que dormir sur une planche était excellent, surtout pour le dos...

Le matin, à cinq heures, nous fûmes réveillés par notre oncle qui, dans le jardin, criait dans un mégaphone :

– Debout, chers parents !

L'avenir appartient à ceux qui se lèvent tôt !

– Heureusement que le mariage a lieu après-demain et qu'on repart tout de suite après ! marmonna Traquenard en remontant sa couverture jusqu'au museau. Appelez-moi quand le petit déjeuner sera prêt ! Ou, plutôt, ne m'appelez **que** s'il y a un petit déjeuner !

Nous descendîmes à la cuisine.

Oncle Demilord était en train d'expliquer à Égoutine comment réutiliser les sachets de thé.

– Le tout, c'est d'avoir le poignet bien souple, ma chère enfant. Tu trempes le sachet de thé dans la tasse d'eau chaude, tu ne le laisses qu'une fraction de seconde, et tu le ressors aussitôt. ZAC !

Comme ça ! Tu verras, ma chère, avec ce système, les sachets de thé te dureront des années. Ah, c'est un art d'économiser, un grand art ! Et tu as devant toi un grand maître !

Égoutine avait une drôle d'expression sur le visage.

Je fus incapable de deviner ce qu'elle pensait vraiment.

Cependant, oncle Demilord surveillait du coin de l'œil tous les parents qui rôdaient, **affamés**, dans la cuisine.

– Le petit déjeuner sera prêt dans un instant : une savoureuse miette de pain (millésimé, hein ! mes chers parents ont droit à ce qu'il y a de meilleur), mais surtout sans beurre ! Le beurre, c'est mauvais, ça donne du cholestérol. Et toi, Téa, s'il te plaît, repose ce pot de **CONFITURE** de fraise !

Cela me surprend de ta part : tu ne veux tout de même pas

GROSSIR

en te gavant de calories, hein ? De toute façon, ce pot de confiture n'est sur cette étagère que pour la décoration. L'étiquette est jolie, tu ne trouves pas ?

LE MYTHIQUE ARRIÈRE-GRAND-PÈRE ASTOLPHE

Assis à la table de la cuisine, oncle Demilord évoquait ses souvenirs.

– Ah, quel bonheur, mes chers parents, de vous voir tous réunis ! Même si cela me coûte cher, eh oui, **ça me coûte** les yeux de la tête, mais peu importe, c'est un grand bonheur de se retrouver tous ensemble ! Je me souviens de ces réunions de famille du temps de l'arrière-grand-père Astolphe Balépattes, un modèle pour nous tous ! Ah, lui, il s'y connaissait en économie !

En disant ces mots, Demilord, ému, essuya **UNE GROSSE LARME.**

– Quand on pense que, lorsqu'il parlait, Astolphe ne prononçait qu'une syllabe sur deux, pour économiser son souffle ! Il m'a tout appris, même si, à côté de lui, je ne suis qu'un amateur. Lui, il s'y connaissait en économie.

C'était un artiste, un véritable artiste de l'épargne...

Astolphe Balépattes

À ce moment, tante Margarine entra dans la cuisine.

– Cher Demilord, il n'y a pas d'eau chaude au robinet !

– Ah, ma très chère, c'est extrêmement contrariant ! Figure-toi que le chauffe-eau fonctionnait parfaite-ment jusqu'à votre arrivée. Quel malheur, quel malheur, quel malheur ! dit mon oncle, mais il avait une **LUEUR** rusée dans les yeux et il se frottait les pattes, satisfait.

Tante Margarine et les autres parents parurent se résigner.

– Bon, s'il n'y a pas d'eau chaude, tant pis, je renonce à me laver. **IL FAIT TROP FROID !** déclara Traquenard.

Oncle Demilord acquiesça, empressé :

– Juste, très juste, mon cher neveu Traquenard, ne te lave pas ! Oh, qui sait combien de litres de précieuse eau chaude vous auriez utilisés…

Pendant ce temps, Téa s'était approchée à pas de rat d'un coin de la cuisine où elle avait remarqué des interrupteurs électriques de toute sorte.

Elle resta là quelques minutes à farfouiller, puis s'écria, triomphante :

– Oncle Demilord, le chauffe-eau n'est pas en

panne ! **IL EST SIMPLEMENT ÉTEINT !**
Oncle Demilord **sursauta**.

– Oh, euh, ma chère nièce, comme tu es intelligente ! Bien bien bien… Mais qui a bien pu faire cela ? Quelle plaisanterie de mauvais goût !

Téa le regarda d'un petit air malin, puis elle s'exclama, en s'adressant à nos parents :

– Au fond, peu importe qui a fait ça. Désormais, *douches chaudes, et même bouillantes, à volonté pour tout le monde !*

Au cri de « *douches bouillantes, à volonté pour tout le monde* », oncle Demilord blêmit, ou plutôt son pelage blanchit, et il fut obligé de s'asseoir.

Il gémissait, abattu, sur sa chaise :

– De l'air, j'étouffe ! Où sont les sels ? Apportez-moi les sels, vite, **JE M'ÉVANOUIS !**

SOUPE DE MOULES AU NATUREL

Après le petit déjeuner, notre oncle essaya de nous distraire avec diverses activités, pour éviter d'avoir à nous offrir à déjeuner.

Si bien que, vers trois heures de l'après-midi, nous étions tous affamés.

Comme à son habitude, Traquenard fourrait son museau partout, et finit par trouver une tranche de fromage qui semblait très appétissante. Il y planta les dents et s'ébrécha une incisive.

ELLE ÉTAIT EN MARBRE !

À **sept** heures du soir, nous nous retrou-
vâmes tous autour de la table du dîner.
J'entendis oncle Pétarade murmurer :

– Si on ne me donne rien à me mettre sous la
dent, je jure que je m'en vais !

Et je remporte mon cadeau de mariage !

Demilord l'entendit sûrement, car il entra dans
la salle à manger en affichant un air mortifié et
déclara :

– Chers parents, vous avez sans doute remarqué
que je ne nage pas dans l'abondance. Hélas, je
n'ai plus le patrimoine d'autrefois. Je suis obligé
de faire des économies. Ah, comme j'aimerais
pouvoir dépenser, dissiper, gaspiller à tort et à
travers, pour vous offrir ce qu'il y a de meilleur !

Il s'arrêta pour reprendre son souffle, puis nous
observa, les yeux mi-clos, pour épier l'effet que
ses paroles avaient produit.

Enfin, il reprit :

– Ainsi donc, après-demain, on ne servira pas de repas de mariage, on ne servira même pas de rafraîchissement... Qui a besoin de se rafraîchir, avec le **froid** qui règne déjà ici ? **Hé hé héééé !** ricana-t-il même en essayant de nous arracher un sourire.

» Donc, après-demain, nos chers Rejeton et Égoutine se marieront à six heures du matin (à jeun, comme vous d'ailleurs ! À une heure pareille, on n'a pas faim, pas vrai ?), et vous serez libres de repartir chez vous dès six heures et quart, je ne vous retiendrai pas, parce que je sais que certains d'entre vous ont un long voyage... Alors, vous êtes contents ?

Un long silence s'ensuivit.

Puis Traquenard éclata :

– Oncle Demilord, j'ai comme un creux à

l'estomac, ou plutôt j'ai une faim de félin. Qu'est-ce qu'on mange ce soir ?

L'autre prit un air majestueux.

– Ce soir, j'ai mis les petits plats dans les grands. Je vous servirai, ou plus exactement, notre chère Égoutine vous servira une **bonne soupe chaude de moules au naturel**. Des moules surfines.

Nous n'en croyions pas nos oreilles :

oncle Demilord aurait-il eu une brusque attaque de générosité ?

À peine la soupe de moules fut-elle déposée sur la table que nous la dévorâmes en quelques minutes.

Puis, enfin rassasiés, nous allâmes nous coucher.

LE FANTÔME
DU CHÂTEAU

Cette nuit-là, je fus réveillé par un gargouillis bizarre dans mon estomac.

LES MOULES !

Je n'avais pas digéré les moules !

Je décidai donc de descendre à la cuisine pour boire quelque chose de chaud, une camomille par exemple. Encore fallait-il que je trouve un sachet *neuf*, car, désormais, j'avais la hantise des sachets recyclés d'oncle Demilord.

Je m'emmitouflai soigneusement (dans le château régnait une température polaire) et me dirigeai en silence vers l'escalier.

Soudain, je m'arrêtai. J'avais entendu un bruit.

Un bruit métallique.

Une lumière filtrait dans l'escalier conduisant à la tour la plus haute du château.

Puis encore ce bruit métallique !

Et si c'était un fantôme traînant ses lourdes chaînes depuis des siècles ?

J'avais peur, mais j'étais curieux, très curieux d'en savoir plus.

Aussi, j'entrebâillai la porte qui conduisait à la tour, tout doucement pour qu'elle ne grince pas, et je montai lentement l'escalier.

Je montai encore quelques marches, pour mieux entendre…, puis j'approchai mon œil de la serrure et…

enfin, tout fut clair !

Je vis oncle Demilord qui comptait à voix haute.

Il comptait ses pièces d'or en les empilant les unes sur les autres.

Mon oncle comptait ses pièces d'or...

De temps en temps, quant la pile était complète, il versait le tas de pièces dans une bourse de cuir et comptait une autre poignée de pièces d'or, qu'il puisait dans un coffret posé sur la table à côté de lui.

– ... MILLE DEUX CENT TROIS, MILLE DEUX CENT QUATRE, MILLE DEUX CENT CINQ... disait-il à voix basse, les yeux brillants d'une lueur avide. C'est alors qu'une porte s'ouvrit derrière lui.

... mille deux cent trois, mille deux cent quatre

mille deux cent cinq... mille deux cent six...

mille deux cent sept...

DÉSORMAIS, ON VA FAIRE DES ÉCONOMIES !

Rejeton entra dans la pièce.

Demilord lui dit :

– Regarde toutes ces belles pièces d'OR, mon fils. Bientôt, tout sera à toi. Mais tu dois me promettre de ne jamais rien dépenser, jamais, sous aucune prétexte !

Rejeton posa la patte sur son cœur.

– Mais oui, sous aucun prétexte ! De toute façon, ici, à Castel Radin, je ne risque pas d'être tenté, il n'y a rien à acheter dans les environs !

– Bravo, tu tiens de moi ! dit Demilord. À propos, il faudra sermonner Égoutine et lui apprendre à bien ÉPARGNER. Jusqu'à présent,

avec tous ces parents, avec toutes ces réjouis-
sances, on a un peu trop gaspillé dans cette maison. Désormais, on va faire des ÉCONOMIES !
Et de sérieuses économies ! ajouta-t-il d'un ton
solennel.

Je regagnai ma chambre et je vis que les autres
invités étaient réveillés, eux aussi. Tout le monde
avait très mal au ventre...

– Devine d'où venaient ces moules ! gémit
Traquenard. *Des douves du château !*

Toi aussi, hein, tu ne les digères pas ? Je le savais,
ils ont voulu nous empoisonner ! poursuivit-il,
d'un ton dramatique.

Téa nous proposa une promenade digestive à la
belle étoile.

Nous sortîmes sur le chemin de ronde.

MAIS TU N'ES PAS OBLIGÉE !

En nous promenant, nous entendîmes quelqu'un qui **PLEURAIT**. Nous découvrîmes bientôt une silhouette recroquevillée dans un coin.

C'était Égoutine.

Vite, nous courûmes à son secours.

– Que se passe-t-il ? Tu n'es pas heureuse ? Pourtant, tu te maries après-demain ! lui dit Traquenard.

– Hummm, c'est peut-être ça, le problème ! déclara Téa, d'un air entendu.

Benjamin lui tendit un mouchoir.

– Ne t'inquiète pas, tu vas voir, tout se passera bien. Je resterai à côté de toi !

Égoutine pleurait :

– Rejeton m'a dit que je dépensais trop…

Nous entendîmes des pleurs : c'était Égoutine...

Téa réfléchit un moment, puis dit :

– Tu veux un bon conseil ? **Plaque-le !** Ce Rejeton ne te mérite pas. Qu'est-ce que tu vas t'encombrer de quelqu'un qui, à vingt ans, ressemble déjà à une momie ? De quelqu'un qui est aussi lent qu'une limace percluse de rhumatismes ? D'un rongeur qui n'a pas pour toi la moindre attention romantique ? Fais-moi confiance, ma chère : **Plaque-le !** Tu en trouveras cent mille bien plus intéressants que lui ! Gouti se moucha.

– Ah, Téa, c'est facile, pour toi, de dire ça ! Tu es **charmante**, tu es *jolie*, tu es spirituelle, tu es BRILLANTE, tu as toujours le mot juste au bon moment. Moi, je suis laide, timide, maladroite. Et personne ne m'a jamais aidée à avoir confiance en moi. Je suis seule au monde, tout ce que j'ai, c'est de l'argent, mais je n'ai pas de famille qui m'aime bien !

– Ah, si ce n'est que ça, intervint Traquenard, comme pour la consoler, si ce n'est que ça, crois-moi, parfois, il vaut mieux ne pas en avoir, de famille ! Par exemple, avoir un cousin comme Geronimo, je te garantis que c'est…

J'allais protester, mais Téa m'interrompit :

– **Assez, taisez-vous, tous les deux !** Vous ne pouvez pas arrêter de vous chamailler cinq minutes ? Nous devons aider Gouti !

Celle-ci sanglota encore un peu, puis reprit :

– Tenez, même quand vous vous disputez, on voit que vous vous aimez bien. On voit que vous vous souciez l'un de l'autre. Moi, je suis seule, il n'y a personne qui se soucie de moi ! Je croyais que Rejeton m'aimait bien. Hélas, j'ai compris qu'il ne s'intéressait qu'à mon argent. Mais si lui ne m'épouse pas, personne ne le fera !

LA REVANCHE D'ÉGOUTINE

Égoutine continua :

– Je suis moche. Ou plutôt, pire encore, je suis **insignifiante** ! Personne ne fait jamais attention à moi. Personne – et elle eut un nouveau sanglot –, personne ne se souvient jamais de moi ! C'est comme si j'étais invisible !
Transparente !

Traquenard lui tapota l'épaule de la patte.

– Allez, ne dis pas cela. Tu n'es pas si mal… on a vu pire ! Bon, d'accord, on a vu mieux aussi, c'est vrai…

Téa s'exclama :

– **Toi, la ferme !** Tu n'y comprends rien !
Puis elle conduisit Égoutine devant un miroir.

Téa conduisit Égoutine devant un miroir…

– HUMMM… murmura-t-elle. Voyons voir !

Elle lui retira délicatement ses lunettes, pendant qu'Égoutine clignait des yeux.

Téa l'examina de la tête aux pattes.

– Primo, tu vas te débarrasser de tes lunettes ! Des lentilles de contact mettront tes yeux en valeur : ils sont d'un beau VERT EMERAUDE …

Ma sœur continua :

– Puis tu vas changer de couleur de pelage : tu le teindras d'un beau ton BLOND MIEL. Je te propose une cascade de boucles sur l'oreille droite… Dorénavant, tu ne porteras plus que des minijupes ! Mais pas de n'importe quelle couleur ! Tu dois porter du ROUGE, la couleur de la féminité, ou du vert émeraude, la couleur de tes yeux… la seule couleur à éviter étant le GRIS SOURIS !

Après quoi, Téa ouvrit l'armoire d'Égoutine et

découvrit toute une rangée de robes grises.

– Gris perle, gris fumée, gris sombre... **ASSEZ DE GRIS !** lui hurla-t-elle dans les oreilles.

Égoutine sursauta.

– Euh, oui, scouitt, d'accord... je te fais confiance !

– **Fantastique !** Alors, commençons par nous débarrasser de ces loques ! cria Téa en décrochant tous les vêtements qu'elle trouva dans l'armoire et en les jetant par la fenêtre. Et ce n'est qu'un début !

Vous allez voir, mes chers, vous n'en croirez pas vos yeux !

Puis elle nous fit sortir de la pièce :

– **Dehors !** Laissez-moi travailler ! Je vous ai prévenus : vous ne la reconnaîtrez pas quand j'aurai fini mon *super traitement* !

Un petit sourire figé

Le lendemain, je vis Téa et Égoutine sortir à moto et prendre la route de la ville.

La journée s'écoula, et elles ne rentrèrent que vers huit heures du soir, chargées, surchargées

de paquets de toutes tailles portant les **griffes** des boutiques les plus prestigieuses.

Elles grimpèrent l'escalier quatre à quatre, et je n'eus pas le temps de voir Égoutine et de savoir si, vraiment, elle avait beaucoup changé.

Rejeton, avec un petit sourire futé, s'approcha de sa fiancée pour faire la paix avec elle.

– Alors, chérie, tu as compris que tu avais tort, n'est-ce pas ?

Elle ne daigna pas le regarder et suivit Téa dans sa chambre, claquant la porte derrière elle.

Rejeton resta avec un petit sourire figé sur les lèvres.

Une charmante petite souris

À **neuf heures et demie**, j'entendis la porte de la chambre de Téa s'ouvrir.

Pendant un instant, je ne compris pas qui s'avançait timidement sur le seuil.

Ce n'était pas Téa.

Mais ce n'était pas non plus Égoutine.

Je retirai mes lunettes et les essuyai avec mon mouchoir, pour y voir plus clair.

COMMENT ÉTAIT-CE POSSIBLE ?

Devant moi se tenait une petite souris absolument charmante.

Son pelage blond était frisé avec une grande coquetterie, ses **yeux verts** aux longs cils brillaient d'un regard langoureux, sa robe fendue, au décolleté audacieux, mettait en valeur sa silhouette élancée.

La souris fit quelques pas mal assurés, puis murmura, hésitante :

– Euh, comment me trouves-tu, Geronimo ?

J'avalai ma salive, et j'allais lui dire qu'elle était belle comme une apparition quand Traquenard cria à Téa :

– Mais qui est donc cette meuf d'enfer ? Une amie à toi ? Tu ne pouvais pas nous la présenter plus tôt ?

Téa ricana :

– Mais comment ça ? Vous ne la reconnaissez pas ?

C'est Égoutine, mon chef-d'œuvre !

Que dites-vous du changement !

Elle n'eut pas le temps de finir sa phrase que Traquenard me passait déjà devant en courant et se jetait à genoux, une rose rouge entre les dents, devant Égoutine.

– Tu es envoûtante, charmante, absolument stupéfiante... Que fais-tu ce soir, poupée ?

Elle rougit : elle n'avait pas encore l'habitude de tous ces compliments !

Téa repoussa mon cousin.

– **Ôte-toi de là !** Et ne commence pas à faire le coup des yeux doux !

Puis elle dit à son amie :

– Rappelle-moi que je dois t'apprendre les techniques pour te débarrasser des admirateurs trop envahissants. Il va falloir que tu t'y habitues !

Gouti eut un sourire timide.

Tu es envoûtante, charmante, absolument stupéfiante... Que fais-tu ce soir, poupée ?

Je m'avançai à mon tour.

– Euh, chère Égoutine, accepterais-tu de venir avec moi au vernissage de l'exposition de Ratinsky, la semaine prochaine ? Ce serait un honneur d'y aller en ta compagnie !

Téa intervint avec fermeté :

– Ah non, frérot, Égoutine est très occupée ! Je regrette, mais, la semaine prochaine, son agenda est archi-bourré... Et puis, fran-chement, je l'imagine sortir avec une souris un peu plus *dynamique*, un peu plus **dégour-die**... tout le contraire de toi et de son **nigaud** de fiancé !

J'IRAI
TOUT SEULE !

Rejeton était à l'affût derrière une colonne du salon. Je compris qu'il nous attendait.

Quand il vit arriver Égoutine, il fut tellement stupéfait que sa mâchoire s'en décrocha.

– Mais tu... mais je... je voulais dire... enfin... mais comment... mais combien **ça a coûté ?** bredouilla-t-il enfin.

Elle rougit, puis lui dit, d'un ton décidé :

– Rejeton, j'ai décidé de rompre nos fiançailles. Je suis désolée, mais je crois que ça vaut mieux, pour toi comme pour moi.

Rejeton **eut** un **hoquet.**

– Gouti, ma petite Égoutine, ne dis pas cela... Pense à tout ce que tu vas perdre, à tout ce à quoi tu renonces... Pense à ces soirées romantiques que nous pourrions passer ensemble, au château, toi et moi...

– **JUSTEMENT !** hurla Égoutine. J'en ai ras-le-bol de passer mes soirées avec toi ! Tu m'ennuies, tu me déprimes, tu m'endors, j'en ai archi-marre de toi et de ta vie toute **grise** ! J'ai compris qu'une souris telle que moi méritait quelque chose de bien mieux ! Heureusement, j'ai rencontré une véritable amie, cette chère Téa, qui m'a ouvert les yeux avant qu'il ne soit trop tard !

Téa sourit, flattée, puis dévisagea Rejeton d'un air suffisant.

– Cher Rejeton, je crois que Gouti a *d'autres* projets : des fêtes, des réceptions, des bals, des soirées de gala, des vacances, des voyages dans des terres lointaines et exotiques…

Rejeton pâlit.

– Des fêtes ? Des bals ? Des vacances ? Mais ça va coûter les yeux de la tête !

L'*ex*-fiancée eut un petit sourire rusé.

– Ne t'inquiète pas pour l'argent, mon cher… Je suis riche, tu le sais bien. Et, en plus, pour économiser, je n'irai pas avec toi. J'irai toute seule !!!

des soirées de gala, des vacances, des voyages dans des terres lointaines et exotiques… des fêtes, des réceptions, des bals,

EN ROUTE
POUR LA GRANDE VILLE

Nous nous dirigeâmes vers la porte du château, prêts à repartir pour Sourisia.

Gouti nous dit au revoir, tout émue, en nous embrassant. Traquenard en profita pour lui murmurer :

– Chérie, si tu veux t'amuser, viens avec moi ! Je te ferai découvrir la vie nocturne de Sourisia. Tous les petits restaurants et les discothèques à la mode… les concerts pop et rock… tu vas adorer ! Je te présenterai mes amis, ils sont très amusants, qu'est-ce qu'on rigole, avec eux !

Je toussotai.

– Euh, Traquenard, tes amis sont amusants, mais un peu bizarres. Gouti, d'après moi, tu devrais te trouver *une souris comme il faut*, si tu veux, je te présenterai des rongeurs : au club de tennis, au golf, à l'opéra, aux concerts de musique classique…

Téa ricana :

– Encore ! Mais vous n'avez rien compris, tous les deux ! Égoutine, fais-moi confiance. C'est moi qui vais m'occuper de te présenter des souris : si tu le permets, mes amis sont ce qu'il y a de mieux à

Mais vous n'avez rien compris, tous les deux !

Sourisia ! Bon genre, mais pas ennuyeux : des rongeurs intéressants, les seuls qui plaisent aux souris qui n'ont pas froid aux yeux comme nous !

Gouti sourit, sembla réfléchir un moment, puis, impulsivement, sauta sur la selle de la moto, et les deux amies partirent en trombe en direction de Sourisia, nous laissant, Traquenard et moi, avec un museau long comme ça, enveloppés dans un *nuage de poussière.*

LA PHOTO
SOUVENIR

De retour à Sourisia, je fis développer **LES PHOTOS** que nous avions prises la veille du mariage, ou plutôt de la rupture des fiançailles entre Rejeton et Égoutine.

Tout le monde avait posé : oncle Demilord, Rejeton, tante Margarine, oncle Cancoillotte, oncle Pétarade… Il y avait même l'Égoutine première version, avec ses grosses lunettes et cette affreuse robe gris souris, avant le traitement de choc de Téa… Quand on revoyait cette robe, après tout ce qui s'était passé, on avait du mal à y croire ! À Sourisia, Égoutine était devenue la coqueluche des rongeurs, on l'invitait partout, on la harcelait de coups de téléphone, on lui envoyait chaque jour de pleins camions de roses rouges et de boîtes de chocolats...

Je souris en repensant à notre séjour à Castel Radin : je ne sais pas comment est votre famille, mais la nôtre est vraiment bizarre.

D'ailleurs, toutes les familles sont comme ça... n'est-ce pas ?

Table des matières

Geronimo Stilton

DANS LA MÊME COLLECTION

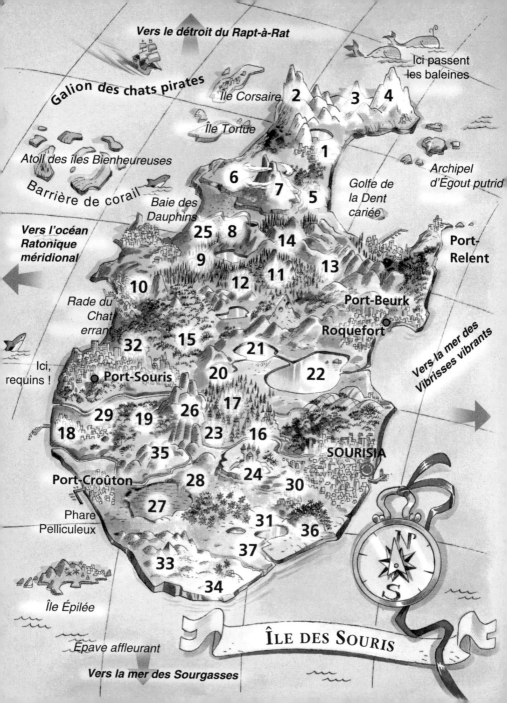

Vers le détroit du Rapt-à-Rat

Galion des chats pirates

Île Corsaire

Île Tortue

Ici passent
les baleines

Atoll des îles Bienheureuses

Barrière de corail

Baie des
Dauphins

Golfe de
la Dent
cariée

Archipel
d'Égout putrid

Vers l'océan
Ratonique
méridional

Port-
Relent

Rade du
Chat
errant

Port-Beurk

Roquefort

Ici,
requins !

Port-Souris

Vers la mer des
Vibrisses vibrants

SOURISIA

Port-Croûton

Phare
Pelliculeux

Île Épilée

Épave affleurant

ÎLE DES SOURIS

Vers la mer des Sourgasses

1 2 3 4 5 6 7 8 9 10 11 12 13 14 15 16 17 18 19 20 21 22 23 24 25 26 27 28 29 30 31 32 33 34 35 36 37

N S

Sourisia, la ville des Souris

1. Zone industrielle de Sourisia
2. Usine de fromages
3. Aéroport
4. Télévision et radio
5. Marché aux fromages
6. Marché aux poissons
7. Hôtel de ville
8. Château de Snobinailles
9. Sept collines de Sourisia
10. Gare
11. Centre commercial
12. Cinéma
13. Gymnase
14. Salle de concert
15. Place de la Pierre-qui-Chante
16. Théâtre Tortillon
17. Grand Hôtel
18. Hôpital
19. Jardin botanique
20. Bazar des Puces qui Boitent
21. Parking
22. Musée d'art moderne
23. Université et bibliothèque
24. La Gazette du rat
25. L'Écho du rongeur
26. Maison de Traquenard
27. Quartier de la mode
28. Restaurant du Fromage d'Or
29. Centre pour la Protection de la mer et de l'environnement
30. Capitainerie du port
31. Stade
32. Terrain de golf
33. Piscine
34. Tennis
35. Parc d'attractions
36. Maison de Geronimo Stilton
37. Quartier des antiquaires
38. Librairie
39. Chantiers navals
40. Maison de Téa
41. Port
42. Phare
43. Statue de la Liberté

L'Écho du Rongeur
1. Entrée
2. Imprimerie (où l'on imprime les livres et le journal)
3. Administration
4. Rédaction (où travaillent les rédacteurs, les maquettistes et les illustrateurs)
5. Bureau de Geronimo Stilton
6. Piste d'atterrissage pour hélicoptère

Île des Souris

1. Grand Lac de glace
2. Pic de la Fourrure gelée
3. Pic du Tienvoiladéglaçons
4. Pic du Chteracontpacequilfaifroid
5. Sourikistan
6. Transourisie
7. Pic du Vampire
8. Volcan Souricifer
9. Lac de Soufre
10. Col du Chat Las
11. Pic du Putois
12. Forêt-Obscure
13. Vallée des Vampires vaniteux
14. Pic du Frisson
15. Col de la Ligne d'Ombre
16. Castel Radin
17. Parc national pour la défense de la nature
18. Las Ratayas Marinas
19. Forêt des Fossiles
20. Lac Lac
21. Lac Lac Lac
22. Lac Laclaclac
23. Roc Beaufort
24. Château de Moustimiaou
25. Vallée des Séquoias géants
26. Fontaine de Fondue
27. Marais sulfureux
28. Geyser
29. Vallée des Rats
30. Vallée Radégoûtante
31. Marais des Moustiques
32. Castel Comté
33. Désert du Souhara
34. Oasis du Chameau crachoteur
35. Pointe Cabochon
36. Jungle-Noire
37. Rio Mosquito

Au revoir, chers amis rongeurs, et à bientôt
pour de nouvelles aventures.
Des aventures au poil, parole de Stilton, de...

Geronimo Stilton